ARNAULD DOYHENART

ET

SON SUPPLÉMENT

DES

PROVERBES BASQUES

PAR

L'abbé P. HARISTOY

Curé de Ciboure

BAYONNE

IMPRIMERIE A. LAMAIGNÈRE, RUE JACQUES LAFFITTE, 9

1892

Tirage 200 exemplaires.

Arnauld DOYHENART

ET SON SUPPLÉMENT

DES

PROVERBES BASQUES

Arnauld d'Oihenart, trop peu connu de ses compatriotes, est un de ces hommes célèbres qui méritent une place dans l'histoire du Pays Basque. Il naquit à Mauléon, le 7 août 1592, de Arnauld d'Oyhenart, avocat, procureur au pays de Soule et de Jeanne d'Etchart. Il eut pour frère aîné Jacques, marié avec Jeanne de Vidart, fille de Pierre, seigneur de la Salle d'Elicetche d'Arraute, conseiller au Parlement et de Marguerite d'Arbérats. Jacques devint conseiller à la chancellerie de Navarre. Entre autres enfants, il eut deux fils, qui furent prêtres et employés dans le ministère paroissial (1).

Arnauld se fit recevoir licencié en droit, à Bordeaux, le 7 septembre 1612, et s'établit avocat, successeur de son père, près la cour de Licharre.

_____

(1) Notes de l'abbé Larramendy, décédé curé de Garris.

dans sa ville natale. En 1623, il fut élu syndic du Tiers-Etat, aux états du Pays de Soule. Trois ans après, il épousa Jeanne Erdoy, riche héritière de la maison noble du même nom, à St-Palais, et fille d'Arnaud de Gaïnçuris, de la maison de ce nom, à Cibits-Larceveau. Arnauld d'Oihenart, amené par son mariage à s'établir à Saint-Palais, se fit recevoir, dans cette ville, avocat au Parlement de Navarre. Il y mourut, en 1667, laissant trois enfants, Gabriel, dont la postérité mâle s'éteignit en 1792 ; Pierre, qui, dit-on, fut curé de Béguios et Jacques, qui entra dans la compagnie de Jésus (1).

Doué des plus heureuses qualités de l'esprit, Arnauld partagea son temps entre les devoirs de sa profession et l'étude des antiquités des provinces méridionales. La postérité reconnaissante lui a donné le titre de « Père de l'histoire de la Navarre et de la Gascogne », dont il commença à débrouiller l'immense chaos avec un succès digne de son grand talent et de ses infatigables recherches. En effet, avocat distingué, Arnauld d'Oihenart fut l'un des historiens les plus éclairés et les plus judicieux de son temps. On a de lui :

1° *Notitia utriusque Vasconiæ, tum Iberiæ, tum Aquitanicæ, qua præter situm regionis et alia scitu digna, Navarræ Regum cæterarumque : in iis insignium vetustate et dignitate familiarum stemmata ex probatis auctoribus et vetustis monumentis exhibentur. Accedunt catalogi Pontificum Vasconiæ Aquitanicæ, hactenus editis, pleniores.* Ce magnifique travail, imprimé à Paris en 1638, in-8°, et réédité,

(1) *Bibliographie* de J. Vinson. Paris. Maisonneuve, 1891, page 108. — Nous regrettons de ne pas connaître le travail de M. de Jauregain, sur *d'Oihenart et sa famille* ; mais cette modeste notice nous suffit pour l'heure présente.

en 1656, est une description de la Gascogne et de la Navarre, suivie des généalogies princières et notables et du catalogue des évêques de ces deux provinces.

2° On lui attribue encore *Navarra injustè rea, sive de Navarrœ regno contrà jus fasque occupato, expostulatio.* Déclaration historique de l'injuste usurpation et rétention de la Navarre par les Espagnols, 1625, in-4°. Cette pièce a été insérée dans le recueil A B C. etc , tome G ou VII, p. 176-197. A la suite de ce morceau, p. 198-219, on lit un *avis pour la réunion du Béarn à la couronne de France,* que l'on croit aussi du même auteur.

3° Outre ces ouvrages, d'Oihenart a laissé de nombreux manuscrits ne formant pas moins de quinze volumes, lesquels, insérés dans la belle collection de Duchesne, sont conservés, à la bibliothèque nationale, à Paris. Ces immenses travaux font regretter l'histoire de la maison de Gramont que le judicieux auteur entreprit, en 1648, mais que la po'itique ombrageuse d'un vice-roi de Navarre ne lui permit pas de continuer. On lui refusa de visiter les archives de Pampelune, sous prétexte qu'en réalité, il cherchait des documents contre l'occupation de la Navarre par les rois de Castille.

Arnauld d'Oihenart n'était pas étranger à la culture des muses. On a de lui : « Oᵀᴮᴺ GASTAROA NEVRTHIZETAN ». *La jeunesse d'O, en vers.* L'auteur y dépeint l'esprit local et les différentes passions du cœur humain, dans les divers âges de la vie. A la suite, viennent quelques sujets religieux, etc. Ce travail comprend la seconde partie de son ouvrage intitulé : « ATSOTIZAC edo REFRAVAC.» *Proverbes ou adages basques, recueillis par le sieur d'Oihenart,* à Paris, 1657. Outre cette collection, formant 537 proverbes, d'Oihenart en fit une autre, de 169 vers,

intitulée : « *Atsotizen Vrrhenquina* », continuation
des proverbes. il n'y a qu'un exemplaire unique de
ce supplément (1). Inséré entre les *Proverbes* et
les *Poésies* ; il est conservé dans la collection de la
Bibliothèque nationale. C'est ce supplément des
proverbes, copiés pour nous, par notre ami M. E-S.
Dodgson, ce vaillant bascophile, que nous donnons
ici. Nous avons eu garde de changer l'orthographe
de l'auteur.

Sans entrer dans d'autres détails sur l'orthographe d'Oihenart, nous en dirons seulement un mot
pour la facilité du lecteur.

Les consonnes D L N T avec un point placé au
dessus Ḋ L̇ Ṅ Ṫ, sont des diminutifs. — C L R P T
avec une virgule renversée et placée au-dessus
C' L' R' P' et T' sont aspirées ; par exemple *el'e* se
lit *elhe, er'o erho,* etc. — *s* est le diminutif et *ʃ* le
primitif. — *x* chargé d'un point équivaut à *tch.* —
z avec un point au-dessus se prononce comme *tʃ*,
— *v* remplace *u* qui, au Labourd et une partie de
la Basse-Navarre, prononce comme *ou* ; et comme
u en Soule et à la seconde partie de la Basse-
Navarre. — Devant les voyelles E et I, d'Oihenart
se sert du K ou de Qu, au lieu de C ; et de Gu, au
lieu du G. Il est vrai que l'auteur lui-même, oubliant
parfois ses règles, écrit tantôt suivant l'usage de
son temps, tantôt un peu suivant son caprice (2).

Nous comptons publi r nous même une nouvelle
collection de proverbes basques dus, en partie, à
notre cher et très regretté ami, M. le capitaine
Duvoisin.

P. H.

(1) M. J. Vinson dit, dans sa savante *Bibliographie*,
p. 107, qu'on lui a *écrit* que la Bibliothèque Nationale de
Madrid possède un autre exemplaires de ce supplément.
(2) Voir nos *Rech. hist.*, t. ii, p. 150.

ATSOTIZEN VRRHENQVINA

SVPLEMENT DES PROVERBES BASQVES & TRADVCTION

~·~

A

538. Adaussi deguidala, baua aussic enesala.
538. Qu'il abbaye contre moy, mais qu'il ne morde pas.
539. Adisquide eta diru dûenaren biholza esta Alkatea-
　　　ren lotsa.
539. Le cœur de celuy qui a amis & argent ne craint
　　　pas le Magistrat.
540. Adisquide saharra berriagatic estuzala
540. Ne quitte pas l'antien amy pour le nouueau.
541. Ahoan min dûenari estia karmin.
541. Le miel est amer à celuy qui a mal à la bouche.
542. Aises isorra sedina puzes erdi cedin.
542. Celle qui s'engrossa de vent, s'accoucha de vesses.
543. Ais cortes gusiequin, eta nabassi gutirequin.
543. Sois courtois auec tous, & famillier auec peu.
544. Alfer egonez gaisqui eguiten nehorc ikas diro.
544. En demeurant oysif, on peut apprendre à mal faire.
545. Ardi bilha adi, nahis baque, otsoac iau esaque.
545. Fais-toys brebis pour l'amour du repos, le loup
　　　le mangera.
546. Aro emearen beha dagoêna vda-neguetan, escas
　　　date bere gausetan.
546. Celuy qui attend le temps doux en esté & en hyuer,
　　　pour marcher, sera court en ses affaires.

Berzela.
D'autre façon.

Neguan hozari, eta vdan beroari beldur saiona,
esta es saldun es merkatari ona.

Celuy qui apprehende le froid en hyner, & le chaud
en esté, n'est ny bon caualier, ny bon mercier.

547. Asqui daquic bicizen badaquic.
547. Tu sçais asses si tu sçais viure.

548. Asti bi jin dira gure okulura, batac du isen
sohegui, berzeac astura.
548. Deux deuins sont arriuez aux auenües de nostre
maison, l'vn a nom *prudence*, & l'autre *expe-
riance (sic)*.

549. Aurki gusiac du bere imperzia.
549. Tout drap à son enuers.

550. Ausartqui acometazea da erdi garhaizea.
550. Attaquer hardiment c'est vaincre à demy.

551. Axeria predicazen denean ari, gogo emac eure
oilloari.
551. Quand le renard se met à prescher prends garde
à ta poule.

B

552. Bardin da alfer egoitea, eta alfer lan egitea.
552. Cét (*sic*) chose equipolante, de demeurer oysif,
ou bien de faire vne besogne inutile.

553. Bata espada nahi, esquilaiquec giuduca ni eta hi.
553. Si l'vn de nous ne le veut pas, toy & moy ne
nous batirons pas.

554. Behar estena erraiten duenac, adi desaque nahi
estuena.
554. Celuy qui dit ce qu'il faudroit taire, pourra entendre ce qui ne luy sçauroit plaire.

555. Behiari darraicala doha gaisquinzetara xahala.
555. En suiuant la vache, entre le veau dans le pré,
ou dans le iardinage.

556. Belea ikus daite, xurit estaite.
556. Le courbeau pût bien se lauer, mais non pas
deuenir blanc.
557. Bere eguitecoen eguiten estaquienac, neques
daidisque berzerenac.
557. Celuy qui ne sçayt pas faire ses affaires, faira mal
aisément celles des autres.
558. Bere onza gaisqui iarteco du vsten, bere onas
hilzera gabe denac bilusten.
558. Celuy la quitte son aise pour se mettre à mal aise,
lequel se dépouille de son bien auant qu'il
vienne à mourir.
559. Bere sehazeco makila darabila.
559. Il porte le baston pour se faire battre.
560. Berzeren dirüas duenac exea berrizen, exe
saharra eta berria ditu bahizen.
560. Celuy qui refait sa maison auec l'argent d'autruy,
hypoteque tant sa vieille maison, que la neufue.
560. Berzeren emaste duana-gaña maite, oña seihar-
bideas hal'ere lerra aite.
561. Quand tu voudras aller traiter d'amours (sic) auec
la femme d'autruy, marche par de sentiers es-
cartez, auec cela encores seras tu sujet à glisser.
562. Berzes gaisqui minso denac adi dizaque bere
oguenac.
562. Celuy qui parlera mal des autres sera sujet à
entendre ses fautes.
563. Berzguin gaxtoac xilobaten thaphazeco, alxazen
dioza berzari sathicoac.
563. Vn mauuais chaudronnier, pour boucher vn trou,
enleue de grosses pieces de son chaudron.
564. Bihicor da naguiaren alhorra, bana belharsar
beci hanti estalhorra.
564. Le champ du paresseux est fertil, mais il n'en
sort que de méchantes herbes.
565. Burla gaxtoa bere sor-lekura izuli doa.
565. Vne méchante raillerie retourne vers le lieu d'ou
elle est sortie.

566. Burlaric gaxtoena eguia dioena.
566. La plus méchante raillerie, c'est celle qui dit vray.
567. Buru besambat aburu.
567. Autant de visions, ou imaginations, que des testes.

C

568. Cocodazes dago ela estu errulen.
568. Cette poule cocodaque (1), & ne pond pas.

D

569. Daquian gusia esterrala, es ian bethi eure ahala.
569. Ne dis pas tout ce que tu sçais, ny ne mange tout
     ce que tu peux manger.

E

570. Edasle handia esta bethi minso eguia.
570. Vn grand parleur ne dit pas tousiours vray.
571. Ederreguia itsusgarri.
571. Ce qui est trop beau tient du laid.
572. Edertasuna, iraute gutitaco onharsuna.
572. La beauté est vn bien de peu de durée.
573. Educan eure athea hersiric, eta es erran eure
     ausoac gaisquirric.
573. Tiens ta porte fermée, & ne die pas mal de ton
     voisin.
574. Eguic vngui behin curey, eta guero, ahal bada-
     guic, azey.
574. Fais du bien premierement aux tiens, & apres, si
     tu peux, aux estrangers.
575. Eguic vngui nic diodana, eta es gaisqui nic de-
     guidana.
575. Fais le bien que ie te dis, & non pas le mal que
     ie fais.

(1) Mot ignoré des dictionnaires, mais usité en plusieurs dé-
partements de la France parmi les paysans.

575. Elhe ederra egunaren laburgarri.
575. Vn beau discours fait tronuer court le jour.
577. Emac atherbe gaxta guinari, bera duquec sallra tari.
577. Baille le couuert au mechant, il le decelera.
578. Emac eure xahala, gegooncara, gora ahal desaia nari ascarrara.
578. Baille ton veau de bonne grace, à celuy qui put le l'enleuer par force.
579. Emaste ederra duena exean, exea etsai-lurreau, eta mahastia karricaldean, esta kocinla gabe bihozean.
579. Celui qui a vne belle femme en sa maison, sa maison en la terre de l'ennemy, & sa vigne au prez du grand chemin, n'est pas sans soucy.
580. Erguela da gordazera doena berecenera.
580. Cét (sic) estre sot que de saller (sic) cacher dans le retouble (1).
581. Erhoac eguiten duena ondarrean, suhurrac eguiten du hatsarrean.
581. Ce que le fol fait à l'extrémité, le sage le fait des le commancement (sic).

(1) Proverbe 580 : *Retouble*. Selon le « *Dictionnaire Historique de l'Ancien Langage François*, par La Cu ne de Sainte-Palage » ce mot signifie « champ qui produit tous les ans ». Selon le « *Glossaire du Centre de la France*, par M. le comte Jaubert », il a pour synonymes *Retrouble* & *Etrouble*, qui signifient « Champ où le blé a été nouvellement coupé »; « champ nouvellement moissonné où il ne reste que le chaume ». On ajoute : « Tous ces mots dérivent du latin *stipu.a* ». Ce mot est passé en anglais sous la forme de *stubble*.

E. S. D.

Dans le proverbe 579, *kocinta* serait, selon M. Vinson, une faute originaire pour *kointa*, mot souvent employé par d'Oihenart, et dérivé du castillan *cuenta*.

En 578 *geyoncara* est une faute originaire pour *gogooncara*.

582. Erhoa da hasten duena lan vrhent esteçaqueena.
582. Celuy la est fol qui commence vn trauail qu'il ne
    scauroit acheuer.
583. Erhogoa da itho-nahiari hedazea escüa.
583. Cel folie de tendre la main à celuy qui se veut noyer.
584. Erregal ad hi eure doiarequi, et' vzac nekazera
    soroa bere thuslo nahiarequi.
584. Regale toy auec la mediocrité, & laisse le fol se
    peiner avec la conuoitise qu'il à (sic) d'amasser
    beaucoup de bien
585. Esagutu nahi vt bobequi, adisquidetu bano lehen
    hirequi.
585. Ie te veus mieus connoistre, auant que de faire
    amitié auec toy.
586. Esesagunic es har lagunic.
586. Ne prens pas de gens inconnus pour compagnons.
587. Es har berzerena, ez galzera vz jhaurena.
587. Ne prens pas du bien d'autruy, ni ne laisse rien
    perdre du tien.
588. Esin daidienac nahi besala, begui eguin ahala.
588. Celuy qui ne peust faire ce qu'il voudroit, qu'il
    fasse ce qu'il pourra.
589. Es min gusiegatic axeterretara, es iharduqui
    orogatic ausitara.
589. Ny pour tous les maux aux Medecins, ny pour
    toutes les contestations à la plaiderie.
590. Es orrazagatic bana susenagatic *behar du nehorc*
    porfiatu.
590. Non pour l'espingle, mais pour le droit. *C'est à*
    dire qu'il faut s'opiniastrer, non pour l'in-
    terest, mais pour le droit.
591. Esparansa esteiari ren oti oransa.
591. L'esperance est la pitance de ceux qui sont en
    souffrance.
592. Esta deuscai ederlarsuna, lagun espadu ontarsuna.
592. La beauté n'est rien si elle n'a pour compagne la
    vertu.

593. Estago ilhargui belhi bere belhean.
593. La Lune n'est pas tousiours en son plein.
594. Esta ordus exerazen, bidean ari dena pusken bazen.
594. Celuy la n'arriuera pas d'heure à sa maison, qui s'amuse à amasser les festus par les chemins.
595. Estaq.i presazen baqnearen esiaquienac berri guerlaren.
595. Celuy là ne sçait pas ce que vaut la paix, qui ne sçait pas nouuelle de la guerre.
596. Esta saharra duena sald ra.
596. Celuy la ne passe pas pour vieillard qui a de clous ou de froncles.
597. Esta suhur estena erhoaren beldur.
597. N'est pas sage, qui n'a peur du fol.
598. Estemala deus handi aberatsari, es arbuya eure ahala beharrari.
598. Ne fais pas de don considerable au riche, & ne refuse rien du tien au miserable.
599. Estemala eure molsa beguirazera belhi so dagoenari lurrera.
599. Ne baille pas ta bourse à garder à celuy qui a tousiours les yeux fichés en terre.

G

600. Gaina *Eder* barrena vher.
600. L'extérieur clair & serein, l'intérieur, ou le dedans, trouble.
601. Gaiz hartuan eracatsgarri.
601. Le mal qu'on a souffert sert d'instruction.
602. Gasteac es iaquines, ela saharrac esines, doas eguitecoac deseguines.
602. Par le peu de sçauoir du ieune, & par l'impuissance du vieillard, les affaires se ruinent.

602. Gathuac alxatura ian, *Hori erraiten da edoceinec bere on gusia irion duênean.*

603. Le chat a mangé le leuain. *Cela se dit quand quelqu'un a dissipé son fonds, ou tout son bien.*

604. Gaxtoac ona kosa diro.

604. Le méchant est capable d'infecter l'homme de bien.

605. Gaxtobat gastigazen duênac ehun sit-zen.

605. Qui chastie vn méchant, en cite cent.

606. Gaxtoen artean esin bisis bahabila, oha berze mundu baten billa.

606. Si tu ne peux viure parmy les méchans, va chercher vn autre monde.

607. Gaxtoen artean da gaxtoena bere gaisqui eguiteas cucazen dena.

607. Entre les méchans, celuy la est le pire de tous, qui fait gloire de son mal faire.

608. Guelac ekortu iniluen eguiean sarthu saizat arrozac expan.

608. Le iour que i'ay laissé les chambres sins bali r, les hostes sont venus chez moy loger.

609. Guilzac gueriian, horac suthegoian.

609. Les clefs à la ceinture, les chiens au foyer, ou a la cuisine.

610. Guison prestüaren errana mugarri,

610. La parole d'vn homme de bien est ferme comme vne borne.

611. Gois gusiac du bere arraisaldia.

611. Chasque matinée a (*sic*) sa soir e.

612. Goiserria deneau gorriago esenes hori, eure euritacoa estemala nehori.

612. Quant l'orient est plus rouge que iaune, ne preste point ton manteau de pluye, ou ton capuchon à personne.

613. Gordinac iaten diluênac ian dizaque lirinac.

613. Celuy qui mangera les vertes mangera bien les meures.

614. Gorpuz eria arimaren sendo ale.
614. La maladie du corps est la guerison de l'ame.
Par ce qu'elle fait songer à Dieu.
615. Gosseac bano gebiago galzen ditu asseac.
615. Le trop saouler en perd plus que la faim, ou le
ieuner.
616. Gure horac bustanas daqui balacu eguiten, eta
ahoas ausiquiten.
616. Notre chien sçait flatter auec la queüe, & mordre
auec la bouche
617. Guti erran eta anhiz eguina da suhurraren atse-
guina.
617. Dire peu & faire beaucoup, c'est le contentement
du sage.
618. Gutietsac han liqueria sorr desaquec bekaisteria.
618. Méprise la vanité, tu apriuoiseras l'enuie.

H

619. Handikeria lilizen bad'ere esta bihizen.
619. La vanité, encore qu'elle fleurisse, elle ne graine
pas.
620. Haurrac athean duena erasi, sukaldean suen ikasi.
620. Ce que l'Enfant a raconté hors la porte, il l'auoit
apris au foyer.
621. Hire nahis gaiz iin saican horri, erracoc Sancho,
vngui ethorri.
621. Au mal qui t'est venu par ton souhait, dis luy
qu'il soit le bien *(sic)* venu.
622. Hiz-ixila, hirur beharritan iraganes gueros, oro-
tan lasterca dabila.
622. Le secret, apres qu'il s'est promené en trois
oreilles, va courant par tout.
623. Hobe da alfer egoitea esenes gaisqui eguitea.
623. Il vaut mieux demeurer sans rien faire que faire
du mal.
624. Hobe da berant eci ez iagoiti.
624. Il vaut mieux tard que iamais.

625. Hobe da galdu ecies galduago.
625. Il vaut mieux perdre que surperdre, ou perdre
dauanlage.
626. Haboro daqui erhoac ber'exean, ecies suhurrac
berzerenean.
626. Le fol en sçait plus en sa maison que le sage en
celle d'autruy.
627. Horequi dazana, ieiquiten da cucussoequi.
627. Celuy qui se couche auec les chiens se leue
chargé de puces.
628. Huts-eguinean tinc egoilea, da berritan huts
eguiten.
628. Demeurer ferme en l'erreur, c'est errer deux fois.

I

629. Ihabalia nois ere, ihabaliarequin liscarzen baila,
aizinioileac duque garhaita.
629. Le poltron lorsqu'il prend querelle contre vn autre
poltron, celuy qui frape *(sic)* le premier à *(sic)*
l'auanlage.
630. Ixilic dagoênac estio guesurric.
630. Celuy qui se taist ne ment point.
631. Indargabearen aserrea, hurr errea.
631. La colere d'vne personne foible c'est comme vne
noisette rostie, c'est à dire vne chose qui ne fait
ny mal ny bien.
632. Inhardetsi onbat erran gaxtobati, guti da gosta
anhiz balio duênagati.
632. Vne bonne response à vn mauuais discours, couste
peu & vaut beaucoup.
633. Inharbaletaric su handi ialgui daite.
633. D'vne bluette peut sortir vn grand feu.
634. Ibia duênac igaren, daqui ossina sein den barrhen.
634. Celuy qui a passé le guay sçait combien la riuiere
est profonde.

635. Iaincoac didala behasale besala adisale.
635. Dieu me doint de gens qui m'entendent aussi bien
que ceux qui m'écoutent.
636. Iaincoagana, vkhenago duéna, da sordunago.
636. Qui plus a receu du bien de Dieu lui est plus
redeuable.
637. Iokazea, orogal, da mando hilarequin ehorstea
arbalda.
637. C'est ioüer à tout perdre que d'enterrer le bast
auec la mule morte.

L

638. Laster bildüa, laster vrratüa.
638. Ce qui est tost amassé est tost dissipé.
639. Latsari onari estaquidio salta latsarri.
639. A vne bonne lauandiere ne sçauroit manquer la
pierre pour y battre la lexiue.
640. Lexansuco tomborrariari vrre bi ioileco, sey
ixilsari.
640. Au menestrier de *Lixans* il faut deux pieces de
dix huict deniers pour le faire sonner & six
pour le faire taire.

M

641. Mahaïan errana bego gorderic dahaillan.
641. Que ce qui est dit à la table demeure caché
dans la nappe.
642. Mandatari hoza, berant abia, barax ioan, eta izuli
hutsa. *Ikussac 316 garren atsothiza.*
642. Le messager froid s'en part tard, marche lente-
ment, & reuient tout vuide. *Voyés le Prouerbe
316.*
643. Mandoac ossinari, *Adiesac vr emaiten duela,
guernu eguitean.*
643. Le Mulet donne de l'eau à la riuiere, quand il y
rend son vrine il donne à la riuiere ce dont
elle abonde.

2

644. Mihi gaixtoari Alkatea vrkari. *Seren gaxtoak vrka erasiten baititu.*

644. Le médisant traite le magistrat de bourreau, soubs-prétexte de ce qu'il fait mourir les malfacteurs.

645. Min-bilha dabila guducara dohena ascarragoa-requila.

645. Celuy la cherche son mal, qui va faire querelle à vn plus fort que luy.

646. Minic handienac, burutic heldu direnac.

646. Les plus grands maux sont ceux qui viennent de la teste. *C'est à dire de nos chefs ou maistres.*

647. Minsa bite gusas seihar, eta bira gure behar.

647. Qu'ils parlent mal de nous, & qu'ils ayent besoin de nous.

648. Molhil naguiac, vrhatsbaten gupidas goisean, hamar beharco ditu eguin arratsean.

648. Vn seruiteur nonchalant pour ne vouloir pas faire vn pas le matin, sera obligé d'en faire dix le soir.

N

649. Nahiago dut arsto iassan nesanbat, esies saldi egoz nesanbat.

649. J'ayme mieux vn asne qui me porte, qu'vn cheual qui me iette par terre.

650. Nahicariac edertarazen ditu gausa itsussiac.

650. L'affection fait paroistre les belles choses laides.

651. Nahi du iaquin sein sen lehen eguina, ala sorroa, ala irina.

651. Il veut sçauoir lequel feust fait plustost, ou le sac ou la farine, *l'on dit cela de ceux qui ont de curiositez vaines.*

652. Neque da beleas austore eguitea.

652. Il est difficile de faire d'vn Courbeau vn Autour.

653. Noisic behin guertha daiteen gaizeti, on da begirazea bethi.

653. Il est bon de se garder tousiours du mal qui peut arriuer, vne fois, ou autre.

O

654. Oguen eguiten du oney barkatzen duenac gax toey.

654. Celuy la fait tort aux bons, qui pardonne aux méchants.

655. Ohacoan dena ikasten, nequez da guero ahasten.

655. Ce qui s'apprend au berceau s'oublie aprez malaisément.

656. Ohetic mahaira, mahaitic susulura, korrongas paradusura. *Suçulluun eguiten ohi da eguerdi-loa.*

656. Du lict à la table, de la table à l'Archibanc, & de la en ronflant en Paradis. *Cecy se dit des feneans & voluptueux, l'Archibanc est le lieu où l'on fait le sommeil du midy.*

657. Ohoin handiac vrka erasten ditu xipiac.

657. Le grand larron fait pendre les petits.

658. Oihal ona kuxan dagoela sal daite.

658. Vn bon drap se pourra vendre sans le sortir du coffre.

659. Onegui dena beretaco esta asqni berzentaco.

659. Celuy qui est trop bon pour soy, ne l'est pas asses pour les autres.

660. Orotaco gaxtoen ospiña da arno estitic eguina.

660. Le plus méchant vinaigre c'est celuy qui se fait du vin doux.

661. Orritsetan du erhoac ona gastazen, eta suhurrac berea goitiazen.

661. Aux festins le fol dissipe son bien, & le sage espargne le sien.

662. Othoi sainduari, derausano ekaizari.

662. Il prie le saint, tandis qu'il y a orage.

663. Othoizen estáquiena Iaincoari, berraio itsasoari.

663. Celuy qui ne sçait pas prier Dieu, qu'il *s'adonne* à la mer pour *l'apprendre.*

S

663. Sabeldurac gaiz ditu vrac.
664. Au flux de ventre l'eau est mal saine.
665. Saindu mana, otso hazana.
665. Il a la contenance d'un Saint, & les actions d'vn
    Loup.
666. Sariac sathitu-ondoan aguerico da ser den hi-
    reric vrpoan.
666. Apres que les salaires auront esté partagés, il
    paroistra ce qu'il y aura du tien dans le monçeau
    de grain. *Parmy les Laboureurs du Pays de*
    Basques, on paye en grain ceux qui trauail-
    lent à battre les blés.
667. Sar sequidan limicatuz, ialguiten sait horzcatus.
667. Il s'introduisit aupres de moy en leschant, & il
    s'en retire en mordant.
668. Sendo nahi dituca beguiac ? lot izac eure erhiac.
668. Veux tu auoir les yeux sains ? lie tes doigts *ou*
    les mains.
669. Sentona agorrilan bides bahoa, vc eurequi ekitacoa.
669. Vieillard si tu voyages en Aoust, ayes auéc toy
    ton parasol.
670. Sobera iaquinsu isanes gabe sedin axeria bus-
    tanes.
670. Pour auoir esté trop sçauant, le Renard perdist
    sa queüe.
671. Sosca sosca bilzen da franca.
671. Sou à sou s'amasse le franc.
672. Sua daxeconean auçoco excari, gogoa ema eureari.
672. Lors que le feu brusle la maison de ton voisin,
    prens garde à la tienne.

T

673. Thu exalua ceruan gora beguilhartera derora.
673. Le crachat que tu iettes contre le Ciel, retombe
    sur ta face.

V

674. Vrdaia eta arnoa, vrtbecoa ; adisquidea yrtherecoa.
674. Le lard & le vin de l'année courante, l'amy de
     plusieurs années, *sont les meilleurs*.
675. Vrrunera dohena esconzera, edo da enganalu,
     edo doha enganazera.
675. Qui loing se va marier, ou il est trompé, ou il va
     tromper.
676. Vrrun hiriti, vrrun osagarriti.
676. Loin de la Ville, loin de la santé, *C'est d'autant*
     qu'en la Ville l'on trouue des Medecins, &
     autres choses nécessaires au malade, mieux
     qu'à la campagne.
677. Vrthearequila, iragan daleeno, kexa esadila.
677. Ne te plains pas de l'année, iusques à ce qu'elle
     soit passée.
678. Vrthe ehunes guducan, eta behin ere es colpacan.
678. Ils se querellent depuis (*sic*) cent ans, & ils ne se
     battent iamais.

X

679. Xekenac onic estu, vrrasaleac estuque.
679. Le chiche n'a point de bien, le prodigue n'en
     aura pas.

---

680. Amaisunari kexua.
680. Porter la plainte à la marastre, *C'est se plaindre*
     en vain, par ce que la marastre n'a pas cous-
     tume de faire iustice à son fillastre.
681. Aberatsi nahi sena vrthe bitan, vrkha sedin
     vrtherditan.
681. Celuy qui vouloit deuenir riche dans deux ans, se
     fist pendre dans demy an, *par ce qu'il voloit*
     pour s'enrichir.

682. Atseguinac atseguin dekharque.

682. Le plaisir produit plaisir.

683. Atsoac sersas eros duenean, est araguiric ara-
guinzean.

683. Quand la vieille à (sic) dequoy achepter, il ny a
pas de chair chez le boucher.

684. Bere burüa esagutea, da iaquitea.

684. Se connoistre soy mesme, est la *vraye* science.

685. Berberac jaten duenac bere oilloa, berberac
errekeila beça bere oloa.

685. Celuy qui seul mange sa poule, que seul il cueille
son auoyne, *ou son orge.*

686. Berceren escus suguea berrotic athera nahi du.

686. Il veut tirer le serpent du buisson auec la pate
d'autruy.

687. Conderanac estu erleric, eta dago estis betheric.

687. Conderane (*C'est le nom propre d'une femme*)
n'a point d'abeilles, & elle a beaucoup de miel.
C'est pour dire que son miel procede de larcin.

688. Ehun vrthetan ikhus diroc jauna bilaunturic, eta
bilauna jaunturic.

688. Pendant cent ans, tu pourras voir vn Seigneur
deuenu roturier, & vn roturier deuenu Seigneur.

689. Ema surzari lurra ere alha.

689. A veufue ou orpheline, la terre mesme à nuire
s'obstine.

690. Eskerrac istadan, seren neure hasiendari onda-
rizadan.

690. Sens moy bon gré, de ce que i'ay soin de mon
bien.

691. Escu orotaco makila da.

691. Il est baston à toutes mains. *C'est à dire il s'ac-
commode auec toute sorte de gens.*

692. Esteiari isan denari bethiere, on derorcona haniz
çaio apur badere.

692. A celuy qui a esté tousiours miserable, le bien qui
luy arriue luy paroist grand, pour petit qu'il soit.

693. Estaguidala ximico, nahi espaduc xarramico.
693. Ne me pinse pas, si tu ne veus que ie te gratigne.
694. Esta ser esca gari suharrari.
694. L'on n'a que faire de demander du froment à l'ormeau, *par ce qu'il n'en sçauroit produire.*
695. Eslate vngui serbizatu bere mainatarequi nahi duena doslatu.
695. Celuy la ne sera pas bien serui, qui fulastre, ou se ioüe, auec son seruiteur, ou auec sa seruante.
696. Gaparrac izala beguisu, bera besala.
696. Le buisson rend son ombre pleine de trous, selon ce qu'il est luy mesme.
697. Gathua ohoïn isanagati, eslesala ohji eure guelari.
697. Encore bien que ton chat soit larron, ne le chasse pas de ta maison. *Il faut souffrir quelque incommodité, pour vne plus grande commodité.*
698. Guc vri badugu, isanen dusue ihiz.
698. Si nous auons pluye, vous aurez de la rosée.
699. Mina nüen lepoan, lot pensaten sangoan.
699. I'auois mon mal au col & l'on ma pensé la iambe.
700. Nihori poteguin behar duenac guibelaldean, estu irabasiric lusazean.
700. Celuy qui doit baiser quelqu'vn au derriere, se dilaier ne gagne guere.
701. Neure behiti esne, guri, eta gazna athera nesan, eta neure xahala gal nesan.
701. Iay tiré laict, burre, & fromage de ma vache, & i'ay perdu mon veau.
702. Ohi bano naüena acala zenago, cerbaiten eske dago.
702. Celuy qui me caresse plus que de coustume, me veut demander quelque chose.
703. Orrazac bano hariac luceago behar du isan.
703. Il faut que le fil soit plus long que l'aiguille.

Saguac jan liroena, jan beça gathuac.
Ce que la souris mangeroit, que le chat le mange.
Il vaut mieux laisser prendre nostre bien à
celuy de qui nous tirons quelque profit, qu'à
celuy qui ne nous fait que du mal.
Salduna senhar vstean sahar nendin es-vstean.
Duns l'esperance que i'ay eu d'espouser vn Che-
ualier, ie suis deuenüe vieille, sans y penser.
Ser da mira, ardiac olsoari ihes ari badira?
Quelle merueille, si la brebis fuit le loup?

FIN.

VRHENZA.

Conforme à l'original qui se trouve dans le volume de
la Bibliothèque Nationale, Paris, intitulé *Les Proverbes*
basques, recueillis par le sieur D'Oihenart, plus les
Poësies Basques du mesme auteur.
A Paris, MDCLVII.
Copie faite le 16 février 1892, par M. E. S. Dodgson,
pour M. le curé de Ciboure (B.-P.)

Bayonne, imprimerie Lamaignère, rue Jacques Laffitte, 9.

www.ingramcontent.com/pod-product-compliance
Lightning Source LLC
Chambersburg PA
CBHW061628180626
46818CB00005B/2288